KB055937

오렌지는 슬픔이 아니고

파란시선 0044 오렌지는 슬픔이 아니고

1판 1쇄 펴낸날 2019년 11월 15일
지은이 채수옥
디자인 최선영
인쇄인 (주)두경 정지오
펴낸이 채상우
펴낸곳 (주)함께하는출판그룹파란
등록번호 제2015-000068호
등록일자 2015년 9월 15일
주소 (10387) 경기도 고양시 일산서구 중앙로 1455 대우시티프라자 B1 202호
전화 031-919-4288
팩스 031-919-4287
모바일팩스 0504-441-3439
이메일 bookparan2015@hanmail.net

ISBN 979-11-87756-54-5 04810
     979-11-956331-0-4 04810 (세트)

값 10,000원

•이 도서는 한국출판문화산업진흥원 '2019년 우수출판콘텐츠 제작 지원' 사업 선정작입
니다.

오렌지는 슬픔이 아니고

채수옥 시집

시인의 말

어둠의 목록들 가운데
나는 맨 먼저
상연되었다

차례

시인의 말

해설

제1부

앵무새

지난여름을 베끼며 매미가 운다
다르게 우는 법을 알지 못한 자책으로
올해도 통곡한다

속옷까지 벗어야 너를 뒤집어쓸 수 있지
냉소적으로 웃는 침대는
뾰족한 부리를 닮은 침대를 낳고, 낳는데

저녁은
간혹
버려진 유령의
흉내를 낸다

이 축축한 혓바닥이 닳아 없어져야 똑같은 문장이 사
라지겠지

수십 년 전에 죽은 할머니와 엄마들을 갈아입고
언니들이 태어난다

근본

얘야 울지 말고 내 말을 믿어 봐, 놀이터를 잘라서 인형을 만들어 줄게 가슴을 열고 새를 넣어 주면 소파를 타고 날아 봐 길게 목을 늘인 울타리가 따라올 거야

여우 심장을 덮고 있던 깃털로 검은 입을 만들어 봐 물어뜯기 적당한 사이즈로, 올빼미 울음을 섞어 반죽하면 캄캄한 밤에도 감쪽같아

비난받는 소나기처럼 입속에서 소금이 쏟아질 거야 거짓말은 시럽보다 달콤해 혀가 줄넘기처럼 길어져, 사과는 주머니 속에 넣어 두는 거야

어깨를 펴고 근본 없는 돌멩이들 힘껏 날아가 사막에서 열대우림까지, 혀가 있는 모든 생물들에게로 철길 너머 쑥대밭을 지나 호피 무늬 외투를 입고

거짓말들이 태어나고 있어

신(神) 씨네 오렌지 가게

　　오렌지라서 너무 오렌지 한. 계단 아래 오렌지. 길을 걸으며 오렌지. 오렌지는 창문이 아니고. 오렌지는 상자가 아니고. 오렌지는 슬픔이 아니고. 오렌지는 오렌지일 뿐. 오렌지 위에 오렌지 있고. 오렌지 아래 오렌지 있지. 빗소리 들으며 짓무르는 오렌지. 차별받는 오렌지. 밤낮 없는 오렌지. 무리 속 오렌지. 오렌지 밖 오렌지. 오렌지 속에서 태어나 오렌지 속으로 기우는 둥근 바구니. 질질 눈물 흘리는 오렌지. 입장을 밝히라고 강요받는 오렌지. 낯이 두꺼운 오렌지. 굳게 쥔 주먹으로 오렌지 하는 오렌지. 자정이 넘도록 칼을 물고 있는 오렌지. 아닌 것은 아니라고 속터지는 오렌지. 아닌 것을 아니라고 말 못 하는 오렌지. 냄새를 극복하는 오렌지. 껍데기에 집착하는 오렌지. 한쪽이 슬쩍 벗겨진 오렌지. 뒤돌아보다 굴러떨어지는 오렌지.

　　어디에도 없는 오렌지. 어디든 있는 오렌지.

락스가 필요한 순간

지루해진 네 입술을 뜯어서
락스에 담글까

탈색의 시간 속으로
놓아줄까

스며들었던 곳에서 빠져나가는 기분은 어떨까

뼈해장국 그릇 속에서
서로를 걸고 있던 뼈들이 살들을 놓아줄 때처럼

네 뼈를 들추면 찬란한 순간을 만졌던 손가락이
깍지를 푸는 게 보여

집 앞 골목처럼 드나들던 네 머릿속이
곧 하얘질 거야

멀리서 시작된 관계처럼
두근거림으로 시작했을 테지만
섞이다 보면 자신을 잃어버릴 때까지 스며들겠지만

현(絃)의 떨림이 멈추는 순간 소리가 멈추고
음악이 끝나고 박수가 끝나면

일어서서 얼굴을 닫고 서로 다른 곳으로 가야 할 때
얼룩을 지워야 할 그때

구독

오늘의 구름은 빨갛게 구워진 채 배달되었다 누군가 접어놓은 페이지에서 빗방울들이 머뭇머뭇 억측과 가짜가 난무하는 구름 속에서 부리 없는 새들이 빠져나온다

종교학 대신 포도밭을 구독하기로 한다 매년 아슬아슬한 허공이다 벌레와 우박과 햇빛 위에 별표를 그리고 봄부터 가을까지 천천히 마음을 졸이며 읽어 가는 페이지

구름은 때때로 다른 몸을 입고
섹션마다 다른 맛들이 열린다

고양이 카페에서 눈이 마주친 너는, 심장 아래쪽을 흘러 천천히 내 삶의 목록 속으로 들어왔다 최근 들어 가장 흥미로운 잡지

새로운 꼬리
새로운 모자
새로운 연애

너를 정기 구독해도 될까?

흐르는 구름만큼 너는 까다롭고 변덕스러운 필자, 창을 수평선 쪽으로 기울이며 나는 긴 혀를 꺼내 서쪽 노을을 읽는다

까무러치는 파도가 특집처럼 밀려온다
난해한 문장들이다

레고

　나는 어느 공간에 진열된 일부입니까. 복사기와 빗방울 사이에서 너는 배경이 됩니까. 나 대신 새를 끼워 넣는 것은 어떤 의미가 있습니까. 공간은 무엇들로 넘쳐납니까. 가령 코끼리와 바람의 위치를 바꾸면 공간은 뒤집힙니까. 쏟아집니까. 설명서도 없이 나는 어디로 이동해야 합니까. 오늘 밤 성이 무너지면 길고 긴 어둠은 어느 쪽에 쌓입니까. 경험 없이도 너와 나는 쉽게 조립이 가능합니까. 내 얼굴을 뽑아서 너의 목 위에 끼우면 비좁습니까. 뼈를 바꾸면 그림이 달라질 수 있습니까. 비어 있는 이곳에 숲과 불면을 배치한다면 공간은 비명을 지릅니까. 출렁입니까. 움푹 패게 됩니까. 가득 차오릅니까. 무엇을 뽑아내면 안과 밖이 바뀌게 됩니까. 공간은 불안에 떨고 있습니까. 채우고 비우고 바꿔 봐도 비슷합니까. 반복된 놀이는 언제쯤 끝내야 합니까.

창문들

오랫동안 손을 넣어 죽은 비둘기를 꺼냈다 창은 깊고 길
었다 우리의 평화는 뭉쳐 놓은 걸레 같았다

기차를 타고 창문들이 도착했다 오래된 풍경들에서 애
인 냄새가 난다 목줄을 끌며 산책하는 사람들, 사나워진
길 밖으로 개를 버리고 돌아간다

이파리들로 눈앞이 흐려지고 불투명해질 때 창은 구부
러지거나 말랑거리기보다 죽기를 결심한다 자신을 산산
조각 흩어 놓으며 적의를 드러낸다

날카롭게 굵고 가는 번개의 변절 때문에 두통에 시달리
는 날이 많았으므로 구름을 불렀다 빗방울 속에,

목을 빼고 올려다보는 애인을 집어넣었다 커튼 뒤에서
질투 많은 사과를 낳고 그림자를 낳고 창문을 낳고, 낳아
너무 많은 창을 갖고도 우리는 투명해지지 않는다

한밤의 인터뷰

흔히 발생하는 일입니다
식물이 되는 꿈

손가락 사이로 뻗어 나온 이파리들은
어떤 도약이라 말할 수 있어요

여러 갈래로 찢어지는 몸속을 통과해 가는
너울성 파도

흔들리는 말 속에 뼈가 들어 있다고
오해하지 말아요

이렇게 서서 오랫동안 비를 맞고 있으면,
희박해지는 두개골을 열고
술 취한 릴리리 맘보를 삼킨 돼지가 걸어 나와요

입술이 시퍼렇게
바들바들 떨고만 있죠

그래서 쉬워 보인 적이 있나요

꺾일 순 있지만,
피도 눈물도 흘리지 않고
당신의 바닥까지 기어갈 수 있는

난 식물일 따름이죠

밀어 올리고
밀어 올리고
밀어붙여

넘어진 의자를 밟고
벌어진 틈을 파고들어 가는 덩굴성

보이나요
침대 위로 기어 오는 저 푸른 손가락들

복희

무심코 튀어나온 밥풀처럼
덧니가 예쁜,

끝없이 닫히는 꿈에 도착 중이라고 했다

둘레에서 꽃나무가 자라는 마당으로부터
난해한 기슭을 떠나는 중이라고 했다

그늘은 빠져 있기에 좋았다고
떠돌던 영혼과 잠든 양들에 대해 알지 못한다고 했다

자신을 떠나간 복희가,
복희로 돌아올 때까지 열매를 떨어뜨리고
노래를 부르며
쉬지 않고 얼룩을 문질렀다

얼룩은 번지는 성질을 드러내며
그림자를 넓히고 방향을 바꾸어
발바닥에 묻어 있는 공터를 닦아 내기를 반복한다

질서가 없는 곳에서,
복희도 모르는 난데없는 복희가 이미지만 남은 복희가
웃거나 울었다

복희는 냉정하다
복희는 자유 발언자
퍼포먼스의 불꽃처럼 자주 깨지고 흩어졌다

깨진 불빛을 쥐고 길 밖으로 길 안으로
흘러 다니던

복희가 왔다
뜻밖의

새로운 화풍

액자 속에서,
이삭 줍는 여자들의 앞치마와 바구니 속으로
눈이 내려쌓이고
시계는 유리 밖으로 흘러내리는 중이다

식탁과 거실과 창가의 동선만으로 그려진 나는
액자 밖을 모른다

머릿속으로 빨강이 차오를 때까지

액자를 견디고
액자를 칭찬하고
액자를 암송하다

빗물처럼 왈칵 쏟아져 그림이 망쳐지는 순간이 오면
나는 삐뚜름히 사각의 귀퉁이를 열었다

그들이 움직인다

모자를 쓰고 비처럼 내리던 남자가 액자 속을 나와

카페로 간다
찻잔 속으로 지팡이를 담그고
모자로 살았던 날들을 휘휘 젓는다
염소는 흰 수염을 날리며 강을 건너가고
칸딘스키의 붉은 평면과 노란색 원들이
거실 밖으로 흩어진다

나는 최초의 돌멩이로 재배치되어
액자 밖으로 던져진다

모방될 수 없는 순간을 날아
누군가의 시선, 밖으로 사라지고 또 사라진다

실패하는 술래

문고리에 손목을 걸어 두고 너는 어디 갔나

쫓아가는 아이가 도망가는 노인 속으로 풍덩

호수는 호수를 미궁으로 빠뜨리고

오리가 지나간 호수의 빈칸엔 무엇이 들어 있나

빈칸 옆에 빈칸을 나열한 원고지는 어떤 급류를 숨기나

물 밖에 우리를 세워 두고 아버지는 천천히 빈칸이 되나

열까지 세기도 전에 아버지는 천사를 따라가나

—못. 찾. 겠. 다. 천사—

우리는 천사를 찾고 있었나

꾀꼬리는 우리를 찾고 있었나

눈물이 눈물을 찾아가는 것은 술래뿐인가

얼굴에서 눈물은 어떤 마침표로 떨어지나

마침표는 커다란 웅덩이,

흙탕물을 끼얹어 발목을 붙잡나

웅덩이를 열고 들어가면 누구의 머리카락이 보이나

보이지 않나

퍼즐

목련 위에 목련의 계단, 위에 목련의 진눈깨비, 위에 목련의 운동장과 목련의 진술과. 울타리 속의 새들과 울타리 속에 돌멩이.

염소에서 솟아난 염소는 염소 우리에. 잔디밭은 쓰다듬어 잔디의 자리로. 해변은 해변의 길 따라 늘어놓고, 파도의 빈칸에 파도.

한꺼번에 엎질러진 나는, 눈썹 위에 허벅지, 젖은 치마 아래 젖가슴, 옆에서 울고 있는 얼굴과, 뒤집힌 손 뒤에 어른거리는 불안들.

섞이고, 흩어지고 굴러가며 나는 나를 망친 후,

나뭇잎을 뒤적이고, 빗방울을 굴려 본다. 구멍 속을 들여다보고 주머니를 뒤집는다. 너를 추궁하고 윽박지르다 바람을 의심한다.

삶이 끝나도록 끝나지 않는 한 조각의 행방.

메멘토

창이 없으니까 커튼이 없으니까 구경할 꽃밭이 없으니
까 개미귀신이 없으니까 펄럭임이 없으니까 사울의 병사
처럼 서 있던 벽들이 없으니까 천장을 달리던 쥐들이 멈
췄으니까 낙서들이 지워졌으니까 비밀 한 조각씩 나눠 가
졌으니까 함부로 엿듣던 귀들이 잘려 나갔으니까 미궁 속
이었으니까

아직 그 자리에 있는,

호두나무가 생각났으니까 호두 알 속 구불거리는 골목
이 생각났으니까 골목 끝 파란 대문이 생각났으니까 녹슨
문고리에 매달려 있던 간절함이 생각났으니까 새들을 털
어 내던 탱자나무가 생각났으니까 살금살금 달빛 위를 걷
던 고양이가 생각났으니까 담장 밖 무화과 열매가 생각났
으니까 창문을 열고 내다보던 아이가 생각났으니까

그 방에서 쪼그려 울던 아이가 너 맞지?
머리가 흰 바구니가 될 때까지 이러고 있는

이야기들

이야기는 이야기들을 껴입습니다

칫솔 옆에 흔들리는 요람 옆에 두루마리처럼 늘어놓으며 뚱뚱해집니다 풀밭으로 위장하고 개미와 토끼를 섞어놓습니다

호기심 많은 당신과 아이들 사이에서 이야기는 헐벗습니다 이야기는 이야기를 버리고 신흥종교와 붉은 수수밭을 테이블 위에 펼쳐 놓습니다

긴 수염에 둘러싸인,
껍질을 벗겨 내면
기도처럼 중얼거리는
목젖들

당신과 내가 바꿔 입은 외투입니다

망토 속에서 앞뒤가 뒤집히는 천둥입니다 천둥의 반전 속에 들어 있는 번개입니다 번개는 속독의 습성을 버리지 못합니다

숲속 오두막을 다 믿지는 않지만
침묵하는 연못처럼 풍덩 빠져들 뿐입니다

이야기를 쪼개는 방법은
단도직입

당신 입에 귀를 걸어 두고 커피를 마십니다 모르는 곳
에서 나를 구전으로 읽습니다 하나의 이야기가 문을 열고
들어오고, 하나가 빠져나갑니다

밤과 입술들을 다 소비해도
이야기는 남습니다

선풍기

언제 시작된
돌림노래인가요

폭탄 돌리기입니까

뿌옇게 날아오르는 모래언덕의 비명 속인가요
전력 질주의 기차란 말입니까
무정차의 매미 울음 속인가요

혼자 돌고 있는 운동장인 것도 모른 채

돌고 돌고
꼬리가 긴 변명입니까
집을 나가 버린 호두인가요

치매에 걸린 줄도 모르고

초대받지 못한 스프링클러입니까
지느러미 달린 기타인가요

돌리고 돌려도
열리지 않는 토성의 밤입니까

손이 닿지 않는 거기와 여기 사이를 돌고 있는
당신인가요

계절이 바뀌면 치워 버릴 바람 든 무란 말입니까
헛바람 속 나는요

접시들

고개를 숙일까 사소한 것 같지만 사소하지 않은 것에
매일 조금씩 다른 각도로

칸칸이 포개져 있는 똑같은 얼굴들에게
유대인처럼 하루 세 번 경배하듯
접시 앞에서 고개 숙이고 있는 입들에게

냄새를 풍기는 저것들을 모조리 바닥에 던져 버리면

네 콧구멍에 나의 생기를 불어넣고
서로의 몸을 조금씩 섞어
테두리에 꽃무늬를 그려 넣는다면

우리는 다채롭게 깨질 수 있을까

오믈렛을 담을 때처럼
파인애플을 올려놓을 때처럼

토마토케첩과 크림으로 얼룩진 몰골로 비워진
얼굴들

위에

양의 울음과 채소들을 높이 쌓아서
너는 돌아오고

나는 또 접시를 향해 고개를 숙인 채,
내게서 비워지는 한낮을 본다

open

옷장을 열고 옷장 속, 멜빵 무늬 어둠을 보여 줄게 어둠을 열고 잠든 소년을 보여 줄게 소년을 열고 녹아내리는 눈사람을 꺼내 줄게

비인칭으로 녹고 있는 숲

올리브나무가 자라는 셔츠를 입고 바람을 타는 소년의 까만 발바닥을 보여 줄게 각질처럼 두껍게 껴입은 그림자, 하나를 벗겨 내면 두 개가 생기는 방식으로

그림자를 방목하고
그림자를 거느리는

언제까지 이럴 거니 다 널 위해서 그런 거잖아 조금만 참고 있으면 곧 문이 열릴 거야 양을 세어 봐 잠이 올 때까지 다음엔 꼭 올리브 숲으로 데려가 줄게

잠 속으로 쫓겨 가는
소년을 보여 줄게

옷장을 열고 늙어 버린 비명을 보여 줄게 비명을 열고
잘린 두 귀가 묻어 있는 손바닥을 보여 줄게 사라진 손바
닥에 얼굴을 묻은 채,

증오와 흔적만 남아 있는
나를 보여 줄게

옷장에서 자라고
옷장에 버려지는

케이크 위를 달리는 토끼

오늘은 촛불을 켜지 않았다

창백한 벌판 위에
마른 종아리 한 개 더 꽂기 위해

아침마다 울리는 알람 소리 밖으로 벗어나지 못했다
울고 있는 아이의 울음 안으로 들어와 보지 못했다

물컹거리는 흰 덩어리를 얼굴에 바르고
초콜릿과 체리로 장식된 무대 위를
뛰어내리지 못했다

오늘 밤에는 촛불을 켜지 않았다

바위 밑에 간을 빼 놓고 왔다는
절박한 순간의 거짓말과 변명들이
입속에서 싱싱하게 돋아나고 있는데

나는 아직,
사람이 아닐지도 모른다

케이크 위를 달리는 토끼일지도 모른다

폭우에서 폭염까지 다시 폭설을 뒤집어쓰고
숨이 차도록 한 바퀴 돌고 나면
축하의 노래를 부르고 박수를 치다가

훅! 나를 꺼 버리는 나는

촛불을 켜지 않았다

버블

얼굴 속에서
얼굴을 꺼내며 부풀어 오르는

빈 의자로 둘러싸인 방에서
우리는 서로를 흘리며 저녁을 먹는다

쏟아지는 잠을 국물에 빠뜨리며 너는 울고
나는 벽을 가진 사람

아이는 비눗방울 불며 벽 속으로 들어가고
쏟아진 잠 속에서 지네들 기어 나온다

걷고 걸어도 다 못 걷는
각질의 발을 끌며

부풀려진 사람과 곧 스러지는 사람들이
투명한 방에서 하루 종일 걷는 동안

눈 코 입이 지워진 채
바들바들 떨고 있는 동그라미들

살짝만 건드려도 부글거리는 얼굴,
얼굴들로
세상의 모든 골목은 터질 듯한데

우리는 이미 사라진
버블버블

거리를 뒤집어 가로수를 읽는다

아이는 네 번째 나무의 껍질을 파냈다. 개미와 굼벵이들이 비의지적으로 기어 나왔다. 어둠의 배후들이 거리로 옮겨 왔다. 해변처럼 멀리 밀려갔다 밀려왔다.

의도적인 간격 사이로 의도하지 않은 죽음들이 지나간다. 터져 나오는 오물들을 틀어막으며 과도한 저녁이 나무 밑으로 달려들었다. 목발 짚는 소리에 익숙해져 갔다.

강박적인 줄 세우기, 여섯 번째 나무에서 까마귀가 날아올랐다.

거리로 내몰린 주인 없는 사연들을 애도한다. 오늘은 무표정의 길 옆에 말랑한 신념 심기 거리를 뒤집어 가로수를 읽는다.

여전히 서술형이다.

가로수는 거리에 몰두한다. 가장자리를 찾아가는 유전자를 가졌다. 마지막을 장식하는 리본처럼 슈트의 끄트머리에 놓인 행거 칩처럼. 거리에 복종하고 거리를 둘러싼

다. 거리를 단장하고 돌본다.

시들거나 취향이 바뀌면 이 길고 지루한 세계를 벗어
날 수 있다.

조끼를 입은 인부들을 싣고 트럭이 온다.
새로운 가로수들이 도착하고 있다.

패키지

반듯하게 누운 복도 옆으로 주머니 같은 방들이 자랐다
방금 도착한 우리는 캐리어를 끌며 206호에 수납된다

어둡고 깊은 서랍 속에
새파랗게 질린 얼굴들을 내려놓고
악어 입처럼 열리는 가방 속에서
접혀 있던 우리의 뒷목을 꺼내 못에 건다

목덜미를 잡고 있는 못에 대해 생각하다
네 멱살을 잡고 있는 나를 실토한다

거꾸로만 열리는 서랍
성실한 나라의 앨리스가 살아가는 방식으로
복어 알 같은 빗방울들 문 앞에 차곡차곡 쌓이고
붉고 냉정한 복도 끝으로
팥죽 한 그릇에 수작을 부리던
창세기의 밤이 끌려 나온다

우리는 피 한 방울 흘리지 않고
서로를 일 파운드씩 떼 내어 패키지로 묶인 할인된 상품

우리는 지금 베니스에 있다

●성실한 나라의 앨리스: 안국진 감독의 영화 제목.

계단들, 껍질 속의

나무들은 제 속에서 열매를 꺼내 보고 나서야
처음으로 자신의 얼굴을 보았다

그런 후
사과나무는 사과를
은행나무는 은행의 얼굴을 반복한다

쭈글쭈글 살가죽 속에 들어 있는 내 얼굴을 열면
양파, 양파, 양파가 굴러 나오고

언덕은 흘러내렸고 기차는 벌써 떠나가고

지르지 못한 비명으로 뭉쳐진 얼굴

스케치북 들고 흰 방으로 들어가
동그라미만 그리던 시절
텅 빈 동그라미 안에서 거품들만 밀려 나오고
껍질 사이에서 층층의 계단들은 높이 자라났다

나는 이름을 찢고 계단을 버렸다

눈도 없고 입도 없이
오기로만 매콤한,
증명할 수 없는 이 덩어리

나는 무엇으로도 확인되지 않는다

장미의 직업

어두운 거리에서
담장의 세계에 입문하는 일

벨벳처럼 부드러운 페이지를 넘기면
붉은 구름이 흘러나오고 흘러들어 가고

빈주먹을 펴고 촘촘한 가시의 이력을 적어 넣으며
한 송이의 증오를 완성하는 일

담장 하나를 완벽하게 갉아먹을 수 있는
벌레의 운동량을 측정하다
벌레가 되는 일

보암직하고 먹음직스러운 누룩의 붉은 빵

길게 길게 뜯어 먹으며

품속에 묻어 둔 발가락들 푸르딩딩 질려 갈 때까지
허공에서 흔들리는 계단에 올라

봉오리를 터트리고 틀어막으며
피멍 드는 삶에 일꾼으로 사는 일

심장 가까이 벽을 껴안고 기울어지며
발등을 내려다보는 일

맹금류의 새들이

침대를 세웠다

이불이 흘러내리고 결말 없는 꿈들이 쏟아졌다
뭉쳐 있는 머리카락 속에서 고양이가 운다

그만 서 있고 이리 와서 누워 봐

헛웃음을 웃었다
모서리로 서 있던 너를 침대가 털어 냈다

서서 꾸는 꿈은 불안했다

불안 속으로 얼굴이 반쯤 허물어진
나체의 애인들이 찾아왔다 나는 애인들 속으로 들어가,

침대를 뒤집었다
웬만해선 볼 수 없던 바닥의 어둠이 끌려 나왔다

모든 것을 침대 탓으로 돌렸다

커브를 돌면 커브 속으로 빠져드는 잠은 맹목적이다
침대를 버리면 우리도 버려질 수 있을까

엎어진 채
침을 흘리는 악몽 속으로 맹금류의 새들이 날아왔다
뒤집힌 부리로 광활한 미래를 쪼았다

침대를 열고 나가면 침대 안에 도착해 있었다

바늘 연대기

바람에게 끌려가는 웨딩드레스의 자락을 봅니다 입을 가리고 깔깔거리는 저녁은 피눈물을 흘리는지 알 수는 없었습니다

병실 밖 빨갛게 웃던 고양이가 뛰어내린 곳으로 아버지가 떠났습니다 주삿바늘 같은 고양이 수염이 서술어처럼 목구멍 속으로 뻗어 왔습니다

손바닥에 얼굴을 묻고 우는 날이 많아졌습니다

따끔거리는 수염을 다스리는 법을 몰랐습니다 섣불리 입속을 보여 줄 수는 없었습니다 서로가 뻗어 낸 송곳니를 표창처럼 던지고 받았습니다

찢어진 손바닥을 핥으며 피 맛에 익숙해져 갔습니다 해진 가죽 부대를 깁는 것은 유용하지 않습니다 옆구리로 줄줄 새는 붉은 새끼들을 주워 담을 수 없기 때문입니다

뱀의 가문에서 태어나 무덤 속 엄마를 골무처럼 덮어쓰고, 오늘도 내 뼛속을 걷고 있는 그것의 생몰 연대는 기록

할 수 없습니다

제2부

닥터, 빗방울

　바구니를 들고 간다. 잠이 오지 않는 밤. 바구니와 양동이를 들고 간다. 잠이 오지 않는 밤. 바구니와 양동이와 곡괭이를 들고 간다. 밤의 행간마다 비가 내린다. 빗물로 출렁이는 백지들이다. 나는 백지 속에 서서 떠내려가는 글자들을 보고 있다. 떠내려가며 찢어지고 흩어지는 복도를 보고 있다. 빈 바구니 속으로 빗방울이 떨어진다. 담기기도 전에 흘러내리는 문장들이다. 서술어도 없이 흘러내리는 나는 빗방울과 마주 앉아 있다. 서로를 알아보지 못한다. 양동이 가득 병실이 흘러넘친다. 비를 맞으며 곡괭이는 무덤덤하다. 바구니를 들고나온다. 바구니와 병실만 가득한 양동이를 들고나온다. 헛손질만 하는 곡괭이를 버려두고 나온다. 창밖으로 내가 흘려버린 단어의 조각들을 맞추는 빗방울 씨, 처방전도 없다. 나는 빈손으로 백지 속을 나온다.

닥터, 도서관

커튼처럼 열어젖힌 목젖 속으로
기립 박수를 밀어 넣는다

일요일이 조금 길어진다

길어진 어깨 위에 가방을 메고
아이들이 몰려온다

가방을 열고
죽은 선생들 위에 죽은 선생들의 선생들을 꺼내 놓는다

사라진 밤과 친애하는 도형과 식물들에 대해 메모하다,
선생들 위에 밑줄을 긋고 친구를 베낀다

베낀 일요일을 잘라 내어 창문과 기압골을 바꾸고
울먹이는 뒷골목을 끼워 넣는다

질식하는 꽃병들

아이들은 일요일 속으로 쓰러지고

일요일의 화법으로 일어나 일요일의 풍경이 된다

잃어버린 목소리를 책 속에 파묻으며
해가 저물도록 죽은 선생들 사이를 오간 뒤,

빈 물병 속을 걸어 나온 아이들

목 위에 얹힌 머리를 위태롭게 덜렁거리며
월요일을 향해 간다

더 지독한 무덤 속으로
끝나지 않는 그림자를 매달고

닥터, 젤리

식후 30분, 젤리를 줄까
달콤한 태도
말랑말랑한 환심과 파국을 넣어 줄게
크게 아 해 봐

젤리로서 젤리니까 젤리하게
미끄러지는 언덕처럼

키스하는 연인들처럼

쫀득거리는 관계들을 건네줄게
살살 궁글려 봐
까다로운 문장처럼 해석의 여지를 남겨 두고

젤리, 젤리의 마음으로
친밀하게
공기처럼 부풀어 올라

깍지 낀 과일들의 행진처럼

쿵쾅쿵쾅 혓바닥을 울리며
너에게 미끄러져 들어갈게

젤리를 먹고,
젤리와 함께 곧 사라지게 될 달콤함에
깊이 빠져들게 해 줄게

병색이 짙어질 때까지
아

닥터, 도마뱀

선생님 아파서 견딜 수가 없어요

여기, 여기요
살갗이 가렵고 긁으면 구멍이 뚫린다니까요

밤마다 이 구멍 속에서 벌레들이 기어 나와요
벌레라서 벌레로 취급당하는 벌레의 눈빛들
자세히 좀 봐 주세요

흐르는 이 어둠을 보세요
찐득찐득한 불면이 안 보이시나 봐요

고개를 처박은 채,
차트 속으로 지렁이들만 욱여넣지 마시고
나를 보란 말입니다
고통받고 있는 나의 일기장을 보란 말입니다

언제쯤
이 지긋지긋한 구멍 속에서 나올 수 있을까요

선생님 괜찮을까요 더 해 주실 말씀 없으세요

―다음 주에 다시 오세요

올 수 없어요 다음 주에는 루마니아에 가야 해요
억울하게 죽은 벌레들을 위해 기도하려고요
머릿속에서 자라는 피아노와 돌멩이를 버리려고요

약을 먹으면 나을 수 있을까요
평생 같이 갈 수도 있나요?

닥터, 버티칼

창과 낭떠러지 사이에 놓여 있는
버티칼

칼을 밀고
칼을 당기고

침묵 밖으로
19층 밖으로
악보 밖으로
구두 밖으로

흘러내리는 어깨를 감싸 안고 날아갈 수 있을까

노크들로 이루어진 날개를 꺾고
새처럼

다량의 배신과
축하의 노래가 필요한가

곁을 줄이고 늘리고

측근이 되고 최측근이 되기까지

빛과 어둠은 한 줌이면 충분한가

열리고 닫힐 때마다
칼의 고민은 얼마나 깊어지는가

몇 번을
접었다 펼치면

두껍고 깊은
은둔을 열어 볼 수 있나

닥터, 알레르기

물마루가 높은 너는 악성, 바다를 끌고 내 안에 들어와
문을 닫는다

원뿔의 꼭짓점 안에 틀어박혀 비밀을 쌓아 올리며
풀리지 않는 가설과 오해들을 낳는다

못 알아듣는 귀를 자르며 일방적으로 어둠이 오고,
우리는 해변에 앉아
말없이 이쑤시개로 소라를 꺼내 먹는다

네가 뱉어 낸 녹색의 말들은 온몸으로 퍼져 가고
팔이 짧은 나는,
너를 긁을 수가 없는데

붉게 부어오른 바다를 어떻게 다 긁을 수 있을까

고개를 숙이고 소라를 꼭 쥔 채,
끌려 나오지 않는 서로를
잡아당기는데
팽팽해진 공기를 뚫고 바닷물 쏟아지는데

바닷물 쏟아지는데

서로의 목구멍 속으로 이쑤시개를 밀어 넣는다

흘러내리는 어둠이 우리를 다 덮을 때까지
입을 찢으며 웃는다

닥터, 일병

오른쪽은 변명으로 기우는 거울 왼쪽은 하소연으로 흩어지는 안개 흘러내리는 얼굴을 움켜쥐고 라이언 일병들은 건너편 초록 병사들과 연합 전선을 이룬다

반복과 어긋남
비틀거리는 대화 속에서 나를 꺼내 줘

바닥이 일어서서 벽이 되고 다시 바닥으로 돌아갈 때까지 먼 곳의 애인들이 떠나고 돌아올 때까지 현기증이 되고 소설이 되고 전쟁의 역사가 되어,

퇴로가 막힐 때쯤

─이모 여기 소주 일 병 추가요

군기 바짝 든 일병은 혈관 깊숙이 파도를 접어 넣는다 포탄이 쏟아지는 모래언덕을 주사하고 잇몸 사이에서 곪아 가는 엄마를 뽑아낸다 엄마가 썩고 있던 자리에 피가 고인다

입속에서 울렁거리는 파도와 허물어지는 모래언덕을
물고 라이언 일병들이 구토를 건너가는 동안

허공이 깨지는 소리가 난다

소주 일 병이 날고 있다

어둠을 돌파하고 있다

닥터, 햇빛

구부린 등 속으로 굵은 빗방울들 내리꽂히는 줄도 모르고. 등이 점점 둥글게 패이는 것도 모르고. 등을 펼 줄 모르는 사람처럼. 땅만 보고, 땅만 배우고, 땅만 알았던 사람처럼. 생이란 처음부터 굽은 채 시작된 사람처럼. 비와는 무관한 사람처럼. 장맛비 속에서 노인이 몰입하고 있는 것은 단지 빈 박스.

이마에 착 달라붙은 머리카락이 검은 외계의 생물처럼. 자신의 얼굴을 반쯤 갉아먹고 있는 줄도 모른 채. 빈 박스에서 주루룩 빗물을 덜어 내듯이. 빗물에 불어 툭툭 끊기는 몸의 무게를 무덤덤하게 덜어 내듯이. 한낱 머리카락 하나 쓸어 올릴 새도 없이 장마를 따라 흐르고,

흘러 노인이 발견된 곳은 찬란한 햇빛 속. 하늘을 향해 등을 곧게 펴고. 땅을 내팽개친 사람처럼. 처음부터 땅을 몰랐던 사람처럼. 꼼짝하지 않고 누운 채,

햇빛, 햇빛 속으로

제3부

바벨의 식탁

 잿빛 고양이 유리 속으로 들어간다 빵처럼 뜯어 먹던 쥐
를 버리고 유리 밖을 응시한다

 눈 내리는 식탁은 어떻게 펼쳐지는가 마주 앉은 삐딱
한 시선은 긍정일까 부정일까 서툰 감정 수업은 고구마
를 먹은 기분

 앵무새와 장미의 관계는 분명하지 않다 히스테리로 붉
은 장미를 삼키고 앵무새는 미친 안녕을 반복한다

 오늘의 메뉴는 덜 익은 일 인용 테이블 핏물 흐르는 다
리를 잘라서 연못에 던진다 발목부터 썩도록 내버려 둔다

 높이 쌓아 올린 입들이 무너져 내릴 때까지
 허공 깊숙이 식탁을 밀어 올린다

오카리나

그녀는 새를 키웠을 것이다 날마다. 깃털에 물을 주었을 것이다. 자신을 닮은 뜻밖의 목소리들이 무성히 자랐을 것이다

입을 벌리고 자신의 말을 밀어 넣었을 것이다. 새의 몸통에 구멍을 뚫고 수시로 드나들었을 것이다. 구멍이 열리고 닫힐 때마다 노래는 소음이 되었을 것이다

치렁대는 치맛자락 끝에 새끼를 낳았을 것이다. 서로를 모른다고 부인하는 새끼들은 알 수 없는 음절이 되었을 것이다

대책 없이 입을 벌리는 새끼들 입속에 지렁이와 날파리와 썩어 가는 이름들을 배불리 넣어 주었을 것이다

매일 밤
촛불을 들고 새에게로 갔을 것이다

불 속에 갇힌 새는

오카리나를 찢고 오카리나는 새를 벗고 아무것도 아닌
채로 조류의 역사를 더럽히는 책이 되었을 것이다

윙컷

그 아이들을 불렀을 때,
입에서 개구리들을 뱉어 내고 있었다

사방으로 뛰어오르는 개구리 울음들
복도를 흘러와 내 몸에 주렁주렁 매달린다

함부로 떠드는 건 규칙 위반이야
목까지 물이 차올라도
허락 없이는 움직이면 안 된다고

귀를 잡아당기는
내 손아귀에
수북하게 잡혀 오는 깃털들

아이들은 날마다
예쁘게 잘리는 복습 문제를 풀었고
창공은,
날기 위해 존재하지 않는다는 예습을 한다

건물 밖으로 던져진 팔다리는

울타리 밖에서 탱자나무로 자라났다

몸통만으로 비대해진 우리는
멀뚱멀뚱 개구리눈으로 담장 밖을 힐긋거리고,

벽을 향해 두 손 들고 서 있는 아이들 겨드랑이에서
어느새 돋아나는 바깥 깃털들

언제나 그랬으니까

거대한 입술이 드러났다
끈적거리는 침들이 한 바가지 쏟아졌다

오랫동안 몸속에 쌓아 두었던 새의 침묵이 보였다
구불구불 뱀이 지나간 자리에 우리의 얼굴이 찍혀 있다

떨리는 손으로 새의 몸을 만졌다
차가웠다, 뜨거웠다, 딱딱했다, 흐물거렸다, 부들거렸다

강요와 맹목의 힘으로 자라난 목은
한 손으로 움켜쥐기에 충분할 만큼 길고 가늘었다

깊은 거울 속에서 새의 눈알은 뽑히고
벗겨진 거죽들이 난간 위에 쌓였다

높이 흔들리던 의자가 굴러 나왔다

너는 어디까지 새를 믿을 수 있니
그날의 기억은 순순히 소환될 수 있을까

다른 이는 새들을 탓하기 시작했다

터지고 쪼개진 새의 몸속에 모래 한 줌씩 던졌다
보라색 장미를 던졌다
사나운 불꽃을 던졌다

거대한 나무에 묶어 놓고
인디언 기우제처럼 질기고 질리도록 새들을 파헤쳤다

새는 더 많은 숲과 협곡으로 부서져 나갔다

새가 떠난 자리에 꽃망울이 거짓말처럼 터져 나왔다
곧 잊힐 거야 우린 늘 그랬으니까

아름다운 풍경만 떠올려 봐
부디

한낮, 옥수수밭

의자가 모자랄 때
당신의 엉덩이를 가져가도 되겠습니까

입속에선
시린 이빨들이 달그락거리고

껍질을 벗겨 낼수록
새콤해지는 이야기들

어금니 사이에 낀 부추처럼
나는
침묵의 행간에 박혀 있다

햇빛은 무한 리필이 되고
탁자 위로 쏟아지는 옥수수 알갱이들
벌써 수염을 달았다

여기는 고령의 사회

푸른 팔들 척척 늘어뜨리고

질긴 시간들을 씹어 삼키느라 출렁거리는
한낮의 카페 안

탁자 밑에는
백발의 수염들이 길게 자라나
쭈글쭈글한 의자가 되고

의자에 앉은 우리는
옥수수가 되고 저녁이 되고
괴담이 되어 간다

버스를 타고 온다

오전 11시 야만적인 앨리스 씨가 도착했다 단정하고 예의 바른 그를 열자 갇혀 있던 긴 혓바닥들 흘러나온다 침처럼 떨어지는 낱말에 밧줄을 걸고 문장들이 내 몸에 말들을 풀어놓는다 감당할 수 없는 사건들은 일상의 틈에 공기처럼 스며든다 행간에 숨겨진 어둠의 맥락들이 머리 뚜껑을 열자 수많은 나와 당신들이 부글거렸다 등에 꽂힌 비수를 쓰다듬으며 페이지마다 나비가 날았다 짐승들이 쏟아 놓은 밀담 속에서 폭력은 은밀하게 자랐다 겨울은 끝나지 않았고 검객이 올 때까지 막차 떠난 정거장에서 익명의 얼굴들이 새벽을 기다렸다 나는 얼룩으로 덮인 장편의 삶에서 발을 빼고 싶었다 끈질기게 척척 들러붙는 혓바닥을 밤새 책 속으로 밀어 넣었다

밖에는 겨우내 침묵 속에 갇혀 있던 꽃의 말들이
씨발 씨발 터져 나오며 가지 끝으로 몰리고
'꽃이 핀다'로 오독하는 한낮

번들거리는 햇빛을 주머니에 쓸어 넣으며 슬리퍼를 신고 놀이터 옆 이동도서관으로 간다 깊게 커튼을 치고 행과 열을 맞추어 밤새 침을 바르며 넘긴 나와 당신들을 반

납했다

●야만적인 앨리스 씨: 황정은의 소설 제목.

사과

빨간 테두리를 따라 걷는다

걷고 걸어도 테두리를 벗어나지는 못했다
멍든 주먹에서 시작된 둘레는 질문처럼 길고 지루했다

흰 꽃이었던 시간들이 생각나지 않는다

하루쯤 전력으로 뛰어가는
하루살이의 빨간 테두리는
측은한 것인가 숭고한 것인가

온몸의 피가 쏠리도록
매달려 살았던 허공을 놓아 버리기로 한다

벌레를 초대했다
똑같은 계절과 인면수심을 견디며 긴 낮잠을 반복했다

머릿속으로 칼날이 박힌다

반쪽으로 쪼개지는 두개골 속에

나의 가장 달콤한 죽음이 들어 있다
무덤을 덮는 바람이 불었다

칼을 예감하며
칼날과 맞서는 생들

아침부터 늦은 밤까지 빨간 테두리 밖을 걷고 있다

조직 검사

원인을 모를 때 눈을 감고 숫자를 세어 보세요 눈앞이
흐릿해지면 당신의 일부를 떼 내어 보겠습니다

당신이 빠져나간 부위로 웅덩이가 떠오릅니다 덧나고
넘치지 않도록 포비돈을 발라 주세요

명심하세요,
우리를 믿을 수 있다고 생각하지 마세요

계절 밖은 여전히 가렵고 진물이 흐릅니까

좀 더 과감해집시다 우리,
남겨진 과일들을 위해
중심에서 썩고 있는 당신을 전부 들어내는 게 좋겠습
니다

칼을 주세요

도마 위 생선처럼 당신을 눕히세요
고름은 결코 살이 되지 않는다는 걸 잘 아실 겁니다

은폐의 기술이 뛰어난 손목과 난간부터 자르겠습니다
핏속을 흘러 다니는 총성 위에 연고를 듬뿍 바르겠습
니다

주변에서 툴툴대는 두드러기들, 재갈을 물려 잠잠히 가
라앉을 때까지 관리는 필수입니다

의지와 형식만 남은 채 흘러내리는 이 액체의 실체는 무
엇입니까 조직 검사해 봅시다

우리의 조직은 안전합니까

이유

　날개도 없이 날아가는 건방진 돌멩이를 결사반대합니다. 창틀에 끼인 바람을 결사반대합니다. 흘러내리는 동사무소를 결사반대합니다. 가방 속에서 썩어 가는 메모지를 결사반대합니다. 허공을 날며 똥을 싸는 예의 없는 비둘기를 결사반대합니다. 부풀어 오르는 금요일을 결사반대합니다. 하수구 구멍 속으로 끌려가는 생쥐의 은빛 눈동자를 결사반대합니다. 식어 가는 남자를 결사반대합니다. 죽어서 빛나는 과거를 결사반대합니다. 촛농이 덕지덕지 붙어 있는 아침을 결사반대합니다. 책상 위에서 울고 있는 개구리를 결사반대합니다. 뒤통수를 끓이고 있는 냄비를 결사반대합니다. 골목 밖에 심어 놓은 소나기를 결사반대합니다. 족보에서 추방된 조상들을 결사반대합니다. 신발을 신지 않은 새들을 결사반대합니다. 찢어진 슬리퍼를 결사반대합니다. 장미와 나이프가 나란히 놓여 있는 정물을 결사반대합니다. 옴짝달싹 못 하는 시냇물을 결사반대합니다. 반대를 위해 반대에 서 있는 당신을 결사반대합니다.

택배

죽어서 썩어 가는 아기를 보냈습니다 부디 햇살이 곱게 내리는 명랑한 언덕에 예를 다하여 심어 주십시오 주렁주렁 울음이 열리면 바구니 한가득 따서 보내 주세요 한철 내내 삶아 먹고 쪄 먹고 무쳐 먹으며 보기 좋게 야위겠습니다 이곳의 주소는 지도에 나와 있지 않습니다 나와 당신이 유기되어도 아무도 신경 쓰지 않는 곳 모든 시민의 저녁이 행복해지는 나라 미안하지만 반송입니다 썩어 문드러져 잘 익은 마음은 식상합니다 당신이 보낸 밭고랑은 아직 열어 보지 못했습니다 우르르 감자알처럼 쏟아져 나오는 당신의 무릎들은 어디에 보관해야 푸른곰팡이가 피어날까요 빈방에 물그릇처럼 담겨 있던 죽음이 곧 도착한다는 문자가 왔습니다 새벽부터 일을 해도 하루가 부족합니다 죽은 당신은 누가 대신 받아 주나요

외행성 S,313

계단을 오르듯

컷트, 컷트

단숨에 머리 꼭대기에 이른다

꼭대기를 쥐고 흔들던 딱따구리는 무사히
쳐낼 수 있을까
손가락 사이에 계단을 끼우고 싹둑싹둑
일방통행의 길들이 잘린 후 보이는

너는 누구

얼굴만 키운 해바라기는 낮은 담벼락 하나 넘지 못한 채
따귀를 맞고 욕설을 들으며 고개를 떨구고

컷트, 컷트

어두운 창고에서
어깨를 밀치고 어깨를 딛고 서서

90

몸서리치며 까맣게 질려 간다

목에 두른 흰 천 위에 떠 있는 검은 머리는
어느 궤도를 돌다가

컷트, 컷트

행성의 목록에서 제외된 나는 왈츠를 추는 명왕성
멀리 더더 멀리 해바라기 밖으로, 밖으로
쫓겨난 염소들이 모자에 도착하면

내가 알지 못하는 내가
거울 속에 두둥실

안녕
우리 처음이지

불꽃

화덕 위에서 검은 고양이가 운다

콧날을 날렵하게 접어 올린 종이 신발 속
그녀가 타고 있다 부은 발목을 머리에 이고
도착하지 않은 사막이 타오른다

어떻게 그럴 수 있지

풀무불 속에서도 타지 않고 둥글게 춤을 추는
사드락과 메삭과 아벳느고처럼
그녀는 지금 불꽃 춤을 춘다고 생각하는 거니

나는 왜 눈물도 나지 않는 거지

평생 쓰고 있던 얼굴을 벗어 내 손에 쥐여 주고,
짙은 그림자까지 꼬깃꼬깃 주머니에 찔러 넣으며

ㅡ요긴하게 쓸 때가 있을 거야

고양이처럼 울어 봐

밤의 담장을 건너뛰던 그녀를 생각해 봐
비를 맞으며 냄새나는 골목을 끝내
벗어나지 못했던 고양이
몸속에 흘러든 빗방울이
바늘이 되는 시간들을 떠올려 봐

한 번쯤은 마음 놓고 활활 타오를 때도 있어야지
그때 눈물이 났던가

우리는 황금소나무 밑에 엄마를 한 줌씩 풀어놓았다
흔들리는 꼬리가 예뻤다

●사드락과 메삭과 아벳느고: 다니엘의 친구들로 왕의 명령을 어겨 맹
렬히 타는 풀무불에 던져지지만 신의 도움으로 타지 않고 춤추는 듯하
였다고 한다. 『다니엘서』 3장.

인형들의 사생활

엄마가 좋아하는 너와, 한낮이 레일을 벗어날 때까지
땅을 파고 놀았지

욕설처럼 서 있는 나무 속에서 망령들을 꺼낸 뒤,
구덩이를 파고 인형을 묻는다

제발 태어나지 말아 줘

공중으로 튀어 오른 공깃돌 속에서
우리는 아무렇게나 떨어졌다

백 년 내기를 할까

사이좋게 드링크를 나눠 마시고
이곳에서 오래 잠들자
빈터가 우리를 충분히 갖고 놀 수 있을 때까지

얼굴 위로 뿌리가 내리고
백 년 전 노래가 귓속에서 흘러나오면

한낮을
채찍처럼 휘두르는 바람을 이곳에 남겨 두고
거울이 있는 숲으로 가자

다정한 목소리로
인형들의 사생활에 대해 이야기하자

인형이 인형을 삼키고
빈터가 사이코패스가 되는 구조에 대해
우리의 다정에 대해

박수를 칩시다

잃어버린 박자는 신경 쓰지 맙시다

두부 같은 표정으로
굳은 신념을 왼쪽으로 살짝만 돌려 봅시다

복면을 쓴 과일들처럼
껍질 속으로 들어가 박수를 칩시다

찢어진 종이봉투 속에서
수치가 쏟아져도

부흥회의 신도들처럼
무한 반복의 강박에 시달리는 토마토들에게

고릴라의 손바닥을 빌려서라도
박수를 칩시다

오른뺨을 얻어맞고
왼뺨을 돌려 대며

친근한 척 시치미를 떼고
손바닥이 터지도록

박수를 앞세우고 박수를 팔아서
질 좋은 호의(好意)를 삽시다

꽉 다문 손바닥이
잘 익은 박수를 움켜쥐고 놓아주지 않아도

애써

자, 우레와 같은
박수 한 번만

오염

비닐장갑을 끼고 마스크를 써야만 당신을 만질 수 있다
당신은 다만,
멍하니 허공을 바라보는 것으로 이 세계를 방치한다

위험한 물질로 분류된 내가 오래 머무를 수 없는
이곳,

시트에 묻은 혈흔 같은 얼룩들이 당신에게서 빠져나와
내게 스며든다

—꼭 너 같은 새끼 낳아서 키워 봐라

던져진 장갑처럼
펼쳐진 손금 밖으로 계단이 흘러간다
새로 태어난 눈보라가 언덕을 넘어오고, 신발 한 짝
뒹구는 수수밭에 죽은 물고기들이 떠올랐다

쪼글쪼글 껍질만 남은 감자
스스로 아가미를 열고 닫을 수 없는 당신을,
가장 치명적으로 오염시킨 내가 묻는다

—나 알아보겠어?

내가 낳은 그림자들이 내 얼굴을 침대 아래로
밀어 버린다

—시간이 얼마 남지 않았습니다

우리는 서둘러 각자의 얼굴을 주워 들고
중환자실을 떠났다

매미

징징대는 동생들처럼 시끄럽습니까. 이 악물고 갈고닦은 스펙은 끈질긴 울림통뿐입니까. 목은 아직 괜찮습니까. 부은 발은 어디에 벗어 놓았습니까. 지하와 옥탑에는 아직 많은 울음이 남아 있습니까. 우는 것 말고 잘하는 것이 있습니까. 병든 개미를 먹어 본 적 있습니까. 안식일에도 울림통은 열립니까. 왜 여름이어야 하는지 동기를 말해 보시겠습니까. 나뭇잎 블라인드가 있어서 그나마 다행이라고 생각하십니까. 울음을 성형할 생각은 없습니까. 울다가 청춘을 다 보냈습니까. 나무에게 무슨 잘못이 있습니까. 바짓가랑이라도 되는 줄 아십니까. 그런다고 벽이 열릴 줄 압니까. 하고 싶은 말이 있으면 더 해 보시겠습니까. 뭐가 억울해서 통곡을 합니까. 공정하지 않다고 생각하십니까. 다른 여름을 알아보시는 게 어떻겠습니까. 오지 않는 연락을 기다리고 있습니까. 아직 죽지 않았습니까.

능

거기 누가 있습니까

텅 빈 아버지와 착한 언니도 없이 유효기간이 다 된 분홍과 시들어 버린 골목과 발바닥이 닳은 시계들이 모여들면 방은 부풀어 오른다 문은 문을 껴입고 비대해진다 이파리마다 탈구된 아침을 매달았다 피어나는 밥공기를 찢으며 나는 파랗게 누워 있는 나를 내려다본다 간간히 노래를 섞어 곡을 하는 매미들

문밖이 시끄럽다
운동화 끈을 조이고 능을 구경하러 가는 사람들

스스로에게 묻는다
안에 누가 있습니까

대답할 입이 없다
문을 열어 줄 손이 흘러내렸다

카르텔

　　원목 무늬 금속 안에 단단히 새겼습니까 재배 중인 꽃다
발들이 따라 나옵니까 뒤에 서 있는 사람들에게도 잘 보이
도록 머리 위로 올리고 활짝 웃었습니까

　　패를 나누고
　　패를 짓고
　　적절한 타이밍에 패를 뒤집어야
　　원목 무늬 금속 패를 받을 수 있습니까

　　묵직하게 박제됩니까
　　박수갈채는 진심과 상관없습니까

　　나의 감사는 원목 무늬 금속 감사패에 담을 수 없습니
까 찍소리 못 하고 티도 나지 않게 사소하여 사소합니까

　　당신께 한 수 배웁니다

　　패(牌).　　패(霸).
　　　　패(簰).

장식장 안의 패거리들
줄 세우는 방법을

감사까지 독점하시는 놀라운 기술을

A4 용지 속으로

바람이 분다

뒤집힌 백지들을 옆으로 붙이고 위로 쌓아 올리면
세상의 닭들은 바람 따라 확장되어 가고

살이 오르기를 염원하며 용지 밖으로 엉덩이가 흘러넘
칠 때까지 월요일의
출근길과 금요일의 퇴근길에 입술을 모아 꼬꼬

눈썹이 뽑히고 끓는 물에 온몸을 담글 때까지 한 장의
공손한 악수 같은,
불쑥 받아 든 시험지 같은 난해한 공간 위의 나날

불러들일 새끼들은 없고, 펼친 날개 밑으로 벽과 낮은
천장들이 모여들면
닭대가리 같은 한낮 끄덕끄덕 졸음 속으로 빠져든다

무정란과 보고서가 시리도록 부둥켜안고 닭장을 낳고,
낳고

자자손손
닭장을 물려줄 때까지

톨게이트

혓바닥이 필요해
은밀한 속도로 미끌거리는 너의 혀를 내밀어 주겠니

망설이기에는 이미 늦었어 혀를 바지 속에 넣는 순간
되돌아가는 길은 지워지고 말아

네 속으로 들어가는 길은
반복되는 리듬처럼 중독성이 강하지
호흡의 계기판을 조절하지 않으면 절정을 달리다
죽을지도 몰라

흘러나오는 볼륨을 조심해
고개를 젖히거나 손을 떼는 순간
흥분한 길들이 바퀴를 삼켜 버리기도 하니까

어둠도 뒷목이 뻐근해지나 봐
담배 한 대 피우고 그만 자고 싶어

이쯤에서 네 혀를 돌려주고
쿨하게 오른쪽으로 빠져 줄게

거스름돈은 몰래 따라온 바람의 몫이야

돈이 아니면 터럭 한 올도 가질 수 없는 여기,
일단 달리는 거야

숙희

그녀의 핏속으로
눈송이가 흐른다

낭떠러지의 흰나비 떼들로 이루어진
그녀가 날고 있다

왼손을 받치고 오른손을 얹어
오들오들 떨고 있는 눈빛들을 덮어 주었다
소란스런

눈   이
　　송　　들 이 흩 어 진 다

그녀 속으로 뜨거운 단편을 밀어 넣으며
밤새도록 녹아내리는 그녀를 다 듣고 있다

벼랑 끝 웃음에 대해
차가운 날개의 기원에 대해

기침하던 밤이 멈추면

사람들은
멀고 먼 그녀에게 도착한다

툭툭 등을 치고,
얼굴을 때려 가슴속에 욱여넣는다
두들겨 맞으며 그녀가 뭉쳐진다

사라진 입에 나뭇가지를 물려 주고
탁탁 손을 턴다

떠나고, 떠나도 제자리인
들판 한가운데
바람 속 그녀

분홍들

찰칵!
잘라 낸 허벅지와 가슴을 화면 속으로 밀어 넣는다

댓글처럼 매달리는 눈알들
다글다글 몰려들어 화면을 뜯어낸다

바람 옆에 날개를 붙이고
브이!
웃고 있는 소녀들의 얼굴을 삭제한다

젖가슴과 배꼽 사타구니 사이로 피가 솟는다
붉게 물드는 창을 핥는 뜨거운 혓바닥

아이스크림을 빨며
뽀송한 알몸을 노트처럼 던져 버린 아이들

분홍 살점 한 장씩 뜯어내며 나무를 벗어던진 꽃잎들

찰칵찰칵찰칵!
렌즈 속으로 모여들어 안녕

충혈된 눈알들
분홍 살점 오리고 붙이며 꺼져 가는 맥박을 더듬는 밤

녹아내리는 나무 밖으로 얼굴 없는 아이들 걸어 나온다
벚꽃이 진다

2인용 소파

여긴 너무 파랗고 조용해

팔을 길게 뻗으면
무엇을 안을 수 있나

웅크린 고양이처럼
귓속에 겨드랑이와 뺨을 밀어 넣으며

함부로 열어 볼 수 없는 등기우편처럼
전송이 금지된 파일처럼
이 창을 닫지 마시오

소파를 열지 마시오

주르륵 손가락이 쏟아집니다
전전긍긍의 사거리가 솟아오릅니다

닿은 무릎이 간지러워지면
조금만 어깨를 기울여 보세요

쇼핑백처럼 나를 열고
할퀸 흔적이 있는 사과를 꺼내겠습니다

얼굴을 바꿔 달고
스핑크스의 도입부를 합독하기로 해요

도무지 읽히지 않는 물질
파랗고 조용한 네 눈빛

서투르게
익숙하게

서로 다른 방향으로 엇갈리다 스치듯

소파를 열고
소파를 닫고

토마토 축제

　몸을 뒤로 젖히고 최대한 멀리 던진다 박살이 날수록 크게 웃으며 토마토의 손과 토마토의 어깨와 토마토의 얼굴을 낭창낭창 밟으며 북쪽에서 남쪽까지 길고 긴 행렬을 이룬다 토마토 속에서 태어나 토마토의 물컹함으로 토마토의 뺨을 걷다 토마토 속으로 사라지는,

　나는 네 주머니 속 토마토
　너는 내 식탁 위 토마토

　흘러내리는 붉은 살들 문지르며 깨져 버린 머리통을 애도하는 우리들의 축제 별빛이 꺼지고 숲이 불타올라도 기타 줄이 끊기고 언덕을 놓쳤어도, 세상의 모든 바다가 흥건해질 때까지 토마토마토

전면전

쓰러지기 위해 서는 건지
서기 위해 쓰러지는 건지 알려 하지 마시오

차렷 자세로 동료들과 전면에 서서
대책 없이 굴러오는 당신을 맞이하고 있소

가벼운 악수도 없이
단번에 가슴을 통과해 가는 속도를 직감하고 있소

연쇄적으로 동료들이
주저앉고 쓰러지고 튕겨질 거라는 거

얻어터지면서
피 한 방울 흘리지 않는 얼굴을 조심하시오

날아가는 궁극의 공이 될 거라오
쏘아보는 눈빛에 흰 깃발이 나부낄 때까지

꼿꼿이 서서
전면의 당신을 바라볼 것이오

볼링을 칠 때처럼
내 머리통이 한낮을 굴러가고 있소

스트라이크!

햇빛이 박살나고 있소

방법과 의식의 시적 긴장

—채수옥의 시 세계

구모룡(문학평론가)

시인의 입장에 따라서 시는 다양한 형태로 발화된다. 시가 개별 발화이고 자기표현이라는 사실은 일반 명제이다. 인식의 새로움을 추구할 수도 있고 자기를 숨길 수도 있다. 언어 놀이로 시종하기도 한다. 대개 서정시는 자기를 표현하면서 진화한다. 세계보다 세계와 마주한 자아의 문제에 집중한다. 고백적인 자아로부터 동심원을 그려 가거나 이를 반복하면서 나선형의 궤적을 만드는 방식이 유력하다. 이러한 경향에 대한 반발도 적지 않다. 자기를 말하기보다 사물을 통하여 표현의 쇄신을 추구한다. 물론 이 경우에도 진술의 주체는 시인이다. 대상을 묘사하고 서술하는 가운데 감정이입과 투사가 작동하기 때문이다. 의인화나 은유도 사물을 다채롭게 그려 내는 기본적인 기제이다. 무엇보다 역동적인 표현을 도출하는 의식의 지향이 중요하다. 표현은 시인의 내부로부터 외부를 향한 변화의 벡터이다. 이러한 힘이 포획하는 시어가 구체성을 담보한다. 꾸밈에 치우치거나 새로움에 대한 과잉 의식은 자칫 시를 난해의 미로로 인도한다. 이를 경계하는 일이 요긴한데 대상과 언어에 편승하지 않는 시적 긴장이 필요하다. 채수옥의 시작에서 이러한 과정이 주요한 과업으로 대두하였다.

　제1시집 『비대칭의 오후』의 제2부에 실려 있는 등단작 「고문」을 위시한 몇몇 시편들은 이미지의 유사성을 좇은 사실적 진술을 드러낸다. 참꼬막을 삶는 과정을 고문에 빗대거나(「고문」) 버려져 비에 젖는 기타 줄에 매달린 빗방울들을 "실업"을 당한 사람의 식솔에 비유하고(「식솔」) 예순을 넘긴 사람이 피워 올린 열정을 "칸나"에 견주어 서술한다(「칸나」). CCTV를 "기록이 삭제된 빈 껍질의 노트"(「CCTV」)와 연결하고 국화를 "수십 개의 손톱들이 촘촘히 박힌/하얀 주먹, 혹은/하얀 이빨을 드러내고 자지러지는 입들"(「국화」)로 그리면서 삶의 한 국면과 연계한다. 이처럼 유사한 이미지들의 병치를 통하여 표현의 지평을 확장하는 시인의 방법은 나아가서 서로 다른 이미지들의 돌연한 결합이나 수수께끼를 풀 듯이 결구에 이르러 시적 대상을 드러내는 형태로 발전한다. 가령 제1시집의 첫머리에 있는 「골목」은 "골목"을 "뱀"에 유비하는 데 그치지 않고 "열린 무덤 같은 아가리 속으로/피를 토하여" 빨려 드는 "줄장미"를 함께 배치함으로써 표현의 강도를 더한다. "통조림"과 그 속의 "고등어 정어리 꽁치들"을 "깡통의 청춘"으로 치환하고 있는

「닫힌 어둠을」이 제시하는 어두운 이미지도 특이하다. 「갑옷」은 결구에 이르러 "타투이스트"의 행위를 서술하고 있음을 알게 한다. 표제와 본문 사이에서 긴장을 만든다. 이같이 '낯설게 하기'는 채수옥 시인의 시적 방법으로 진화한다. 시인은 사물을 뒤집어 보고 다르게 보면서 일상을 내파하고 관계를 재구한다.

> 골목들은
> 지하로 환승된다
>
> 전동차는 정거장마다
> 계단을 높이 쌓아 놓고 떠났다
>
> 노란선 밖에서
> 한 떼의 눈보라가 흩어지고,
>
> 올라가고 내려가는
> 가방들 속에서
>
> 뱀 같은 길들이 흘러나와
> 발목을 끌고 간다
>
> 길고 서늘한 시작이다
>
> ―「출근」 전문

제1시집에서 시인이 보이는 시선의 문법을 잘 드러내는 시편의 한 예이다. 사람은 사물화되고 사물들이 모든 움직임의 주체가 된다. 시인은 시선의 역전을 통하여 관계를 뒤집는다. 이러한 방법으로 시적 쇄신의 효과를 얻는다. 뒤집어 보거나 낯설게 하는 일은 방법에 그치지 않는 지각과 인식의 문제이다. 세계와 화해하지 못하고 일상과 삶을 회의하는 주체가 있다. 방법과 주체 사이에서 시인은 긴장한다. 이는 달리 유희와 고뇌의 긴장에 상응한다. 더 낯선 언어는 때로 주체를 감추고 내면적 필연성을 줄인다. 제1시집은 적어도 방법과 주체의 문제라는 과제를 파생하였다. 제2시집을 읽기 이전에 첫 시집의 흐름을 파악하려는 의도이다. 이러한 문제의식을 상정할 때 제2시집의 첫머리에 놓인 「앵무새」를 먼저 주목하지 않을 수 없다.

지난여름을 베끼며 매미가 운다
다르게 우는 법을 알지 못한 자책으로
올해도 통곡한다

속옷까지 벗어야 너를 뒤집어쓸 수 있지
냉소적으로 웃는 침대는
뾰족한 부리를 닮은 침대를 낳고, 낳는데

저녁은
간혹

버려진 유령의

흉내를 낸다

이 축축한 혓바닥이 닳아 없어져야 똑같은 문장이 사라
지겠지

수십 년 전에 죽은 할머니와 엄마들을 갈아입고
언니들이 태어난다

ㅡ「앵무새」 전문

　여성 가족사의 대물림 현상을 말하는 한편으로 시적 화
자는 "다르게 우는 법"과 새로운 "문장"에 대한 갈망을 나
타낸다. 매미, 침대, 저녁의 이미지를 지나 할머니와 엄마
와 언니 등으로 이어지는 사이에 "이 축축한 혓바닥이 닳
아 없어져야 똑같은 문장이 사라지겠지"라는 화자의 발언
이 놓여 있다. 하지만 사람과 사물인 침대의 관계를 역전시
켜 표출한 "냉소적" 일상과 있어도 "유령"처럼 없는 저녁,
여성의 역사에 유전하는 삶의 표정들을 병치함으로써 비대
칭, 불협화에 가까운 이미지들을 "앵무새"라는 표제로 통합
한다. 시인은 사물들의 새로운 관계를 구성하고 무관한 경
험들을 융합하려 한다. 이로써 시인은 벌써 다른 발화를 표
출하고 있다.
　채수옥은 자신의 시법에 대한 자의식을 자주 보인다. 「앵
무새」에 이어진 「오카리나」가 그렇다. "뜻밖의 목소리들"을

만나고 "노래"가 "소음"이 되는 당착도 겪는다. "알 수 없는 음절"을 생산하면서 마침내 "조류의 역사를 더럽히는 책"이 된다는 이야기이다. 진짜 새일 수 없는 "오카리나"를 대상으로 삼았으나 시 쓰기와 시집에 관한 복선을 깔고 있다. 진정한 목소리에 대한 시인의 갈구를 대변하려는 의도의 소산이다. 제2부의 연작시에서 그 첫머리에 놓인 「닥터, 빗방울」도 시인의 방법적인 자의식을 반영한다.

바구니를 들고 간다. 잠이 오지 않는 밤. 바구니와 양동이를 들고 간다. 잠이 오지 않는 밤. 바구니와 양동이와 곡괭이를 들고 간다. 밤의 행간마다 비가 내린다. 빗물로 출렁이는 백지들이다. 나는 백지 속에 서서 떠내려가는 글자들을 보고 있다. 떠내려가며 찢어지고 흩어지는 복도를 보고 있다. 빈 바구니 속으로 빗방울이 떨어진다. 담기기도 전에 흘러내리는 문장들이다. 서술어도 없이 흘러내리는 나는 빗방울과 마주 앉아 있다. 서로를 알아보지 못한다. 양동이 가득 병실이 흘러넘친다. 비를 맞으며 곡괭이는 무덤덤하다. 바구니를 들고나온다. 바구니와 병실만 가득한 양동이를 들고나온다. 헛손질만 하는 곡괭이를 버려두고 나온다. 창밖으로 내가 흘려버린 단어의 조각들을 맞추는 빗방울 씨, 처방전도 없다. 나는 빈손으로 백지 속을 나온다.

—「닥터, 빗방울」 전문

복잡한 은유로 구성된 시편이다. 맥락도 중층적이어서

난해를 걷어 내기 힘들다. 시 속의 주인공은 서로 용도가 다른 "바구니"와 "양동이"와 "곡괭이"를 차례대로 동원한다. 불면을 해소하려는 노력의 일환이다. 문제는 밤의 정황이다. "행간마다 비가" 내리고 "빗물로 출렁이는 백지들"과 같다. 하얗게 지새우는 밤을 시적 화자는 "백지 속에" 있다고 표현한다. 빗방울과 빗물은 글자와 문장을 나타낸다. "바구니"로 문장을 담을 수 없는 화자는 "양동이"를 사용하지만, "양동이"는 글자와 문장을 분별할 수 없는 "병실"과 같다. "곡괭이"로도 그 어떤 대처를 할 수 없다. 밤새 도로를 거듭하다 마침내 "나는 빈손으로 백지 속을 나온다." 문장을 얻고 시를 얻으려는 시인의 지난한 노력을 암시하는 풍경으로 읽힌다. 가령 폴 세잔과 바실리 칸딘스키와 살바도르 달리가 서로 다른 화풍이듯이 시인은 "모방될 수 없는 순간"(「새로운 화풍」)을 염원한다. 특이한 단독성에 대한 갈망과 삶과 세계를 인식하는 시인의 의식은 긴장한다. 전자에 무게가 놓일 때 경험의 깊이가 쉽게 휘발하기 때문이다. 방법과 의식의 긴장은 추상과 구체만큼 서로 길항한다. 무관한 사물과 경험을 병치하는 가운데 의식의 차원에서 관계의 문제가 가장 중요한 화제로 떠오른다. 시인은 은유의 확장 못지않게 구체적인 삶을 표현하려 한다.

바람에게 끌려가는 웨딩드레스의 자락을 봅니다 입을 가리고 깔깔거리는 저녁은 피눈물을 흘리는지 알 수는 없었습니다 병실 밖 빨갛게 웃던 고양이가 뛰어내린 곳으로 아버지가 떠났습니다 주삿바늘 같은 고양이 수염이 서술어처럼 목구멍 속으로 뻗어 왔습니다

손바닥에 얼굴을 묻고 우는 날이 많아졌습니다

따끔거리는 수염을 다스리는 법을 몰랐습니다 섣불리 입속을 보여 줄 수는 없었습니다 서로가 뱉어 낸 송곳니를 표창처럼 던지고 받았습니다

찢어진 손바닥을 핥으며 피 맛에 익숙해져 갔습니다 해진 가죽 부대를 깁는 것은 유용하지 않습니다 옆구리로 줄줄 새는 붉은 새끼들을 주워 담을 수 없기 때문입니다

뱀의 가문에서 태어나 무덤 속 엄마를 골무처럼 덮어쓰고, 오늘도 내 뼛속을 걷고 있는 그것의 생몰 연대는 기록할 수 없습니다

　　　　　　　　　　　　　　—「바늘 연대기」 전문

「바늘 연대기」는 가족사를 빗대어 존재의 조건을 말한다. 첫 구절부터 삶에 대한 시적 화자의 입장이 표출되어 있다. 낙관보다 비관의 정조가 크다. 동화가 아닌 이화의 수사학적 기반은 회의주의이다. 시는 원경에서 근경으로, 다시 기

억 속으로 갔다가 현실로 회귀한다. 구름을 "웨딩드레스"에 병치하거나 "저녁"의 화려한 노을을 "피눈물"로 치환하는 표현에 이어서 아버지의 죽음을 "병실 밖 빨갛게 웃던 고양이"와 연결한다. 아버지의 때 이른 죽음은 "눈물이 눈물을 찾아가는 것은 술래뿐"(「실패하는 술래」)이라는 곤경으로도 표현되는데, 아버지를 찌르던 "주삿바늘"은 직유로 "고양이 수염"으로 전이되면서 시적 화자의 마음에 내내 자리한다. 어머니를 "엄마"라고 지시하고 있듯이 희생의 의미와 함께 부채 의식의 대상으로 그려진다. 새끼들을 낳고 제 몸을 버린 살모사와 같은 이미지가 여기에 포개져 있다. 가족사가 "바늘 연대기"인 연유는 바늘이 "오늘도 내 뼛속을 걷고" 있기 때문이다. 고양이와 바늘의 이미지와 엄마의 죽음은 「불꽃」에서 다시 등장하지만, "우리는 황금소나무 밑에 엄마를 한 줌씩 풀어놓았다/흔들리는 꼬리가 예뻤다"라는 결구로 승화된다. 이러한 시편들같이 시인은 내부의 상처와 고통을 외부의 이미지라는 객관적 상관물을 통하여 진술한다. 이러한 시법은 일관되고 다채롭다. 가령 사람 사이의 불확실하고 회의적인 관계를 "토마토 축제"(「토마토 축제」)를 끌어와 진술하는 유쾌한 슬픔도 있다. "종교학 대신 포도밭을 구독하기로" 한 데서 인간사보다 자연이 더 많이 읽어야 할 "난해한" 텍스트임을 제시하기도 한다(「구독」). 경험이 사라져 메마른 사회적 관계를 "레고"의 "반복된 놀이"로 서술하거나(「레고」) 삶을 "사과"의 생존에 견주어 "칼날과 맞서는 생들"이 "아침부터 늦은 밤까지 빨간 테두리 밖을 걷고 있다"라고 표현한다(「사과」).

어떤 의미에서 외부의 사물에 의탁하는 방식은 내부를 온통 드러내지 않으려는 의도와 연관되기도 한다. 채수옥의 시편에서 자아의 문제를 전면에 드러낸 경우를 찾긴 힘들다. 쉽게 말하여 고백적 화자로 받아들여지는 경우가 적다. 시인은 회의하는 주체라는 입장을 견지하며 단일한 시적 자아를 구성하기보다 회의의 대상에 세계와 함께 주체를 포함하여 더 복잡한 시각을 형성한다.

목련 위에 목련의 계단, 위에 목련의 진눈깨비, 위에 목련의 운동장과 목련의 진술과. 울타리 속의 새들과 울타리 속에 돌멩이.

염소에서 솟아난 염소는 염소 우리에. 잔디밭은 쓰다듬어 잔디의 자리로. 해변은 해변의 길 따라 늘어놓고, 파도의 빈칸에 파도.

한꺼번에 엎질러진 나는, 눈썹 위에 허벅지, 젖은 치마 아래 젖가슴, 옆에서 울고 있는 얼굴과, 뒤집힌 손 뒤에 어른거리는 불안들.

섞이고, 흩어지고 굴러가며 나는 나를 망친 후,

나뭇잎을 뒤적이고, 빗방울을 굴려 본다. 구멍 속을 들여

다보고 주머니를 뒤집는다. 너를 추궁하고 윽박지르다 바람
을 의심한다.

삶이 끝나도록 끝나지 않는 한 조각의 행방.

—「퍼즐」전문

각각의 연들이 "퍼즐"과 같다. 자연 사물의 배치는 1,2연
과 같이 순조로우나 3연에서 "나"의 처지는 당혹스럽다. 엎
질러지고 섞이며 흩어지고 굴러가는 "나"는 "퍼즐"처럼 난
해하다. 불안과 의심의 자아는 타자와 사물을 추궁하고 의
심한다. "삶이 끝나도록 끝나지 않는 한 조각의 행방"을 찾
는다. 어떤 트라우마일까? 아니면 「인형들의 사생활」이 암
시하는 유년의 일그러진 풍경에 내재한 사건일까? 은근히
드러내듯 감추는 시적 국면에서 두 가지 지향을 생각할 수
있다. 그 하나는 퍼즐을 풀어 가는 행위이고 다른 하나는
행방을 묻지 않고 지우는 방법이다. 「락스가 필요한 순간」
이 말하듯이 "섞이다 보면 자신을 잃어버릴 때까지 스며들
겠지만" "일어서서 얼굴을 닦고 서로 다른 곳으로 가야 할
때/얼룩을 지워야 할 그때"가 있는 법이다. 그만큼 타자와
관계에 대한 회의가 깊다. 「버블」은 "살짝만 건드려도 부글
거리는 얼굴,/얼굴들로/세상의 모든 골목은 터질 듯한데//
우리는 이미 사라진/버블버블"이라고 진술한다. 타자의 진
실한 얼굴을 대하려는 기대보다 "버블"처럼 허위이거나 사
라지는 관계를 상상한다. 이는 관심과 기다림 속에서 다가

오는 얼굴이 아니다. "다채롭게" 깨지고 "얼룩진 몰골로"
"내게서 비워지는" 얼굴들이다(「접시들」). 또는 "내가 낳은
그림자들이 내 얼굴을 침대 아래로" 밀어 버리거나 "서둘러
각자의 얼굴을 주워 들고" 떠나야 하는 형국이다(「오염」).

나무들은 제 속에서 열매를 꺼내 보고 나서야
처음으로 자신의 얼굴을 보았다

그런 후
사과나무는 사과를
은행나무는 은행의 얼굴을 반복한다

쭈글쭈글 살가죽 속에 들어 있는 내 얼굴을 열면
양파, 양파, 양파가 굴러 나오고

언덕은 흘러내렸고 기차는 벌써 떠나가고

지르지 못한 비명으로 뭉쳐진 얼굴

스케치북 들고 흰 방으로 들어가
동그라미만 그리던 시절
텅 빈 동그라미 안에서 거품들만 밀려 나오고
껍질 사이에서 층층의 계단들은 높이 자라났다

나는 이름을 찢고 계단을 버렸다

눈도 없고 입도 없이
오기로만 매콤한,
증명할 수 없는 이 덩어리

나는 무엇으로도 확인되지 않는다

—「계단들, 껍질 속의」 전문

　이 시의 화자는 나무와 자기를 비교한다. 열매를 맺으면
서 그대로 얼굴을 가진 나무와 양파처럼 여러 계단과 둘레
로 겹쳐진 자기의 차이를 드러낸다. 얼굴을 열면 여러 겹의
정돈되지 못한 기억들이 누적되어 나타난다. 신산한 삶 속
에서 "지르지 못한 비명으로 뭉쳐진 얼굴"을 달리 무엇이
라고 규정할 수 없다. 자아의 동일성이나 시적 자아를 구
성하는 일이 불가능함을 지적한다. "눈도 없고 입도 없이/
오기로만 매콤한,/증명할 수 없는 이 덩어리"인 양파와 같
이 "나는 무엇으로도 확인되지 않는" 존재이다. 이처럼 시
인은 시를 통한 자아의 탐구를 지속하지 않는다. 어떤 기
억이나 상처는 사고의 진전을 가로막는 매듭과 같다. 이처
럼 "흰 방"의 추억은 어둡다. "이름을 찢고 계단을" 버린 자
아의 내면은 여전히 미궁이다. 인용한 시가 보인 기억의 메
타포는 감춤이나 회피의 기제로 볼 수만 없다. "모르는 곳
에서 나를 구전으로"(「이야기들」) 읽는 일이 여전히 가능하

다. 현재의 수준에서 시인의 시선은 내부보다 더 외부를 향한다. 외부의 사물과 현상을 지향한 시편들이 다수이다. 특히 「닥터」 연작은 현실을 병리학적으로 인식한다. 일요일 도서관을 찾는 학생들을 "잃어버린 목소리를 책 속에 파묻으며/해가 저물도록 죽은 선생들 사이를 오간 뒤,//빈 물병 속을 걸어 나온 아이들"이라고 진술한다. 나아가서 월요일을 "더 지독한 무덤 속으로/끝나지 않는 그림자를 매달고" 가는 행보라고 함으로써 비관주의적 비전을 확인한다(「닥터, 도서관」). "말랑말랑한 환심과 파국"(「닥터, 젤리」)을 말하거나 폐지 줍다 죽은 "노인"을 비추는 "햇빛"(「닥터, 햇빛」)의 이율배반을 지적하기도 한다. "두껍고 깊은/은둔"(「닥터, 버터칼」)으로 차단된 배신과 적대의 현실을 "칼"이라는 동음이의어의 언어유희(pun)를 동반하며 가볍게 비판한다. 이러한 경쾌함은 「닥터, 도마뱀」「닥터, 알레르기」「닥터, 일병」의 어조로 이어진다. 환멸을 자아의 문제로 회수하지 않고 즐거운 부정으로 넘어서려는 태도로써 다음과 같은 구절을 얻고 있다. "다음 주에는 루마니아에 가야 해요/억울하게 죽은 벌레들을 위해 기도하려고요/머릿속에서 자라는 피아노와 돌멩이를 버리려고요"(「닥터, 도마뱀」), "흘러내리는 어둠이 우리를 다 덮을 때까지/입을 찢으며 웃는다"(「닥터, 알레르기」), "소주 일 병이 날고 있다//어둠을 돌파하고 있다"(「닥터, 일병」). 이처럼 시인의 비관주의는 어조와 태도에서 지적이다. 성실하게 방법론적인 여과를 거치고 있다는 말이다. 달리 어법을 실험하고 있다고도 할 수 있다. "고령의 사회"

(「한낮, 옥수수밭」)를 "옥수수밭"을 끌고 와서 서술하는 방식은 이미 앞에서 설명한 대로 은유의 전이를 활용한다. 「분홍 들」은 시편 전체를 다 읽었을 때 "벚꽃이 진다"는 의미에 이르게 되는 구조적 은유다. 이와 달리 「박수를 칩시다」에서 시도된 풍자나 「메멘토」와 「매미」의 반복 진술이 새롭다. 전자의 풍자에는 주지하듯이 지성이 개입한다. 후자의 반복 진술은 기억의 메타포를 유쾌한 리듬에 실어 표출함으로써 감춤과 드러냄의 긴장을 촉발한다. 「A4 용지 속으로」는 통합과 확산의 힘(esemplastic)을 과도하게 사용하였다는 느낌을 준다. "A4 용지"와 "닭장"의 결합은 다소 기이하다. 이는 카프카 소설 속의 사무원과 같은 이미지로 봉합하려 한 의도가 충분하게 해소되지 못한 탓은 아닐까? 반면 확장된 은유를 통하여 시적 성취를 얻은 사례가 적지 않다. 「창문 들」이나 「바벨의 식탁」이 그렇다. 전자는 다양한 창의 이미지들을 조합하면서 "너무 많은 창을 갖고도 우리는 투명해지지 않는다"라는 결구로 통합한다. 후자는 "오늘의 메뉴는 덜 익은 일 인용 테이블 핏물 흐르는 다리를 잘라서 연못에 던진다 발목부터 썩도록 내버려 둔다"와 같은 구절에 이르러 그로테스크와 만나게 한다. 현실의 이면에 놓여 있는 어두운 이미지를 현시하고 있다.

「조직 검사」에서 "의지와 형식"이라는 말이 이 시의 맥락과 무연하게 주목된다. 시인의 시적 의지가 형식을 만든다. 새롭게 인식하고 그에 상응하는 언어와 이미지들을 하나의 형태로 표출하려는 시인의 노력이 돌올하다. 특히 외부의 사물을 다채로운 시선으로 응시하고 이를 전경화하는 방식이 시인의 시적 지평을 확장하였음에 틀림이 없다. 다만 "증오와 흔적만 남아 있는/나를 보여 줄게"(「open」)와 같은 내면의 열림에 시인이 인색하다. 무슨 사태일까? "헛바람 속 나"(「선풍기」)라는 말이 지시하듯 주체의 부정일까? 아니면 상처나 콤플렉스를 드러내는 일을 꺼리는 탓일까? 이보다 내부를 향한 자기표현을 식상하고 낡은 시법으로 간주하고 있는 것일까? 어느 경우든 채수옥의 시작은 반서정의 지성주의를 전개하고 있다. "식물이 되는 꿈"(「한밤의 인터뷰」)과 "날아가는 궁극의 공"(「전면전」) 사이에서 시적 주체의 쇄신을 추구한다. 방법과 시인의 의식이 만드는 아슬한 긴장이 중요롭다. 지속적인 시편의 생산과 더불어 의식과 정신의 심화를 기대해 본다.